U0452355

须一瓜 著

去云那边

中篇

天津出版传媒集团
百花文艺出版社

图书在版编目（CIP）数据

去云那边 / 须一瓜著. -- 天津：百花文艺出版社，2025.1. -- （百花中篇小说丛书）. -- ISBN 978-7-5306-8938-7

Ⅰ. I247.5

中国国家版本馆 CIP 数据核字第 2024W0W214 号

去云那边
QU YUN NABIAN

须一瓜 著

出 版 人	薛印胜	选题策划	汪惠仁
编辑统筹	徐福伟	责任编辑	齐红霞
特约编辑	曾南玉	装帧设计	任　彦

出版发行：百花文艺出版社
地　　址：天津市和平区西康路 35 号　邮编：300051
电话传真：+86-22-23332651（发行部）
　　　　　+86-22-23332656（总编室）
　　　　　+86-22-23332478（邮购部）
网　　址：http://www.baihuawenyi.com
印　　刷：山东临沂新华印刷物流集团有限责任公司
开　　本：700 毫米×980 毫米　1/32
字　　数：42 千字
印　　张：3.875
版　　次：2025 年 1 月第 1 版
印　　次：2025 年 1 月第 1 次印刷
定　　价：32.00 元

如有印装质量问题，请与山东临沂新华印刷物流集团有限责任公司联系调换
地址：山东省临沂市高新技术产业开发区新华路 1 号
电话：(0539)2925886　邮编：276017

版权所有　　侵权必究

须一瓜 / 作者

本名徐萍,女。1984年开始创作,著有长篇小说《太阳黑子》《白口罩》,中短篇小说集《淡绿色的月亮》《你是我公元前的熟人》《蛇宫》《提拉米酥》等。作品多次被各选刊选载,曾获百花文学奖、华语文学传媒大奖及《人民文学》等刊优秀作品奖。长篇小说《太阳黑子》被改编为电影《烈日灼心》。

……当我撑大我那风造帐篷上的裂缝,

直到宁静的江湖海洋,

仿佛是穿过我落下的一片片天空,

都嵌上这些星星和月亮。

我用燃烧的缎带缠裹太阳的宝座,

用珠光束腰环抱月亮;

…………

我是大地与水的女儿,

也是天空的养子,

我往来于海洋、陆地的一切孔隙——

我变化,但是不死。

…………

——雪莱《云》

一

　　一辆白色的SUV正准备下高速,它已经奔波了三个多小时。年轻的女人开着车,带着五岁的男孩。男孩一路在看云。在高速公路上,年轻的女人反对小男孩躺着,她要求他坐在配备安全带的儿童专用增高坐垫上,但是,小男孩一下子就放弃了。他还是躺着看车顶大天窗外的云,追云不便时,他就解开安全带,站起来。他只专注于云的变化,似乎在编导云的剧情。这趟行程,路有多远,云的故事就有多远。因为小男孩一会儿坐直,一会儿躺下,一会儿系上安全带,一会儿又解开安全带,女人不得不放慢车速。

女人不时瞟后视镜,并通过耳朵,去捕捉后座的动静。除了云,小男孩对所有的人事,都心不在焉。三岁前没有开过口,家里的老人根据经验,都怀疑他是哑巴,但后来证明医生的判断没错,他会说话,只是不想说话。父亲平时忙,陪伴少,跟他说话,他以点头摇头回应。当爹的有一次大怒:"不许摇头点头!眼睛看着我!用嘴说话!"小男孩就吓得小便失禁了。对那些非要撬开他的嘴巴、动手动脚的热情客人,小男孩眼神排斥,有一次竟然哭了,令家人客人都颇为难堪。总之,他能不开口就不开口,比如:给他食物,他张嘴,就表示接受;拒绝,就是走开;甚至要去洗手间拿遗忘的玩具,里面的人连问他要什么,他只踢门不作答;那些学龄前儿童视听教材,他一律视而不见、听而不闻。偶尔,小男孩发出清晰的单词,或回应了人,犹如钻石光芒,让綦家金碧辉煌,这证明了他的听、说能力,都是正常的。但不能否认的事实是,他几个月的说话量,不及正常孩子的一天。他似乎活在自己的世界里。

有个懒惰的、嘴甜的保姆,被长期雇用了,因为她能给小男孩指认各种云。他们一起去顶楼天台看云,遇上了好云,小男孩会容光满面地回来,又比又画,转达他刚刚经历的一场盛大相遇。比如,满天螺蛳云、棉花罐打翻云、茶垄云、散掉的香菇云、老头撒尿云、老鼠偷油吃的云,还有树根云、吐血云、金片片云、猪奶头云……这个准文盲保姆,用云的想象力,激荡了小男孩云世界的生机勃勃。

有时,保姆洗菜洗一半,或者拖地进行中,突然一声高喊:"哇,看天!天烧起来啦!快看!"

小男孩就连忙牵着她去阳台观赏,或者他们直接就奔向顶楼天台——他们家就在顶楼错层里。高天阔地,小男孩软软的头发,像丝绸旗帜一样飞舞。他会张开胳膊,像十字架一样,仰天旋转,然后拥抱自己的云。保姆倒没那么喜欢云,但她从来没有忘记自己"读云者"的天职,她一边解读云彩,一边玩手机。公平地说,她对看云的孩子有无限耐心。看到天空暗沉,云们归途隐匿,他们就心满意足地一起下天台回家。

旅途中,无数车辆掠过这辆白色SUV。两个半小时的路程,他们已经走了三个多小时。因为车里的云孩子,女人只能尽量以平缓的速度来护佑后座上的看云人。孩子的父亲正在这两个半小时车程的锦天城开会,今天是他的生日。女人决定给丈夫一个意外惊喜,她要带着孩子"从天而降",给他特别的生日祝福。小男孩对这个建议无感,因为爸爸无论是否出差,都经常不在家。但是,女人说:"哎呀,锦天就是出七彩祥云的地方啊!"

小男孩睁大了眼睛,看着女人。

"五颜六色!"女人加大诱惑力度,"满天!红的、绿的、黄的、湖蓝的、金棕的、蓝紫的……"

"各种颜色?"小男孩归纳了一下。

"对啊,"女人说,"前几天电视新闻不都说了?锦天这个季节彩云最多。"

小男孩并没有看到电视,因为外婆大喊他来

看云的时候,新闻画面已经闪过了。

女人继续煽动:"所以要赶紧!到时我的手机还借你拍照。"

小男孩没有吭声。他把一本云童话绘本放进自己的双肩包,又把一只麂皮象宝宝玩具放进去。这是他出门必带的助眠玩具,他必须捻着象宝宝左耳朵的尖尖才能入睡。女人暗暗得意。一路上,男孩的自言自语表明了她的确拿捏准了他的小七寸。

小男孩说:"棉花糖的云,都是加颜色变的。"

女人说:"那是假云嘛。真的云,什么颜色都是自己长的。电视上说了,只有特别的地形地貌,才会邀请到天上各种颜色的云——全世界只有锦天最多!"

"它要不来呢?"

"给电视台打电话呀。"

"怎么说?"

"你就说,喂,你们不是说,这几天都有彩云吗?"

男孩笑了,但他说:"我不。"

车行了一两公里后,小男孩说:"你打。"

年轻的女人愣了一下,反应过来,说:"嗯,让爸爸打!他说,喂!我们全家来锦天过生日哪!说好的七彩祥云呢?!"

男孩无声地笑了,看起来很有信心。

二

出高速收费站,SUV女司机把车靠边,接起一个重复打进的电话。后座上的小男孩,又解开了安全带。他手里有两张嘎嘎响的玻璃纸,一张香槟色,一张宝蓝色,他轮流透过玻璃纸看天。通话中,女人不断回头看后座的小男孩,她语调亢奋,有点急躁,她说:

"还要二十七分钟,估计我会比预计时间再慢点。

"孩子饿了,我会先带他吃点东西。

"不不,不去酒店吃。给他惊喜!这饭点人多,万一被他看到就不好玩啦。

"你把他房卡放总台,交代好就行。估计我们吃好进去你们要开会了。

"知道,你发的流程我看了。下午我出去办点事,最晚五点到酒店给他庆生,不耽误他晚上八点的活动。

"不用不用!他不吃蛋糕,小生日而已。谢谢谢谢。

"不不!小事!就是买些有机菜种——我自己开车导航很方便。

"保密啊!这会让我们綦小朋友开心的!

"当然当然,你们綦总可能都忘了自己生日。对了,你的房卡也留总台一张,到时我可能需要打理一下。"

三

龙帝温泉大酒店从空中鸟瞰,是个拉长的"S"形,尾梢犹如巨幅飘带,飘了七八百米,其实,它模仿的是巨龙飞天的造型。起降锦天的飞机,最容易看到的就是,巨龙在绿树掩映中腾起的龙脊摆动的线条。说是龙脊,其实是平的。整个酒店不高,昂起的龙头才十多层,龙尾一层多高。"S"形的屋顶天台,就是斜上的平展龙脊,上面的"龙鳞"——半圆片式的扁平阶梯,缓缓升高,间或又穿插着一方方如茵绿草。龙脊中线,从龙头到龙尾巴都是艺术灯柱,仿佛是"S"形的龙脊在晶莹发光。夜色里,巨大的"龙脊飘带"上,银白的星光小灯,会在草地上满天星般闪烁,如银河在人间的倒影。所以,当地人都叫它"那个星光龙酒店"。

女人的车开进龙帝温泉大酒店差不多是下午两点了。进了大堂,一手牵着孩子、单肩挂着双肩包的女人,一眼看到了唐秘。唐秘却没有认出低扎马尾、穿着牛仔裤平底鞋的老板娘。看到笑着走向自己的女人,小秘书还算机灵,立刻春花绽放地迎了上去。"姐姐真是越来越漂亮了!比年会时更年轻啦!我都没敢认呢!"唐秘说,"我正要给綦总房间送资料,那都给姐姐吧。这是他的房卡,918。"

等候电梯的时候,唐秘压低嗓音说:"这次订晚了,没订到大床房,被綦总骂了。是我们秘书组的失误。"唐秘做着鬼脸,从小包里掏出了一个黑蓝色的丝绒小盒,托着递给女人:"祝老板生日快乐!——只是小领带夹,弥补一下我们的工作过失。"女人竖起食指,"嘘"了一声,谨防泄密的样子。小男孩伸手抓过小盒子,女人接过秘书手里的材料,说:"你开会去吧,我自己上去。"

女人上了九层。酒店的扭曲结构,她有点蒙。一名保洁阿姨路过,鞠躬问候,说:"星光自助餐厅往那边,出玻璃门下楼梯就是。"女人更为困惑,阅人无数的保洁阿姨不再掩饰轻慢:"很多阿姨都会走错。小孩爸妈在里面是吗?我带你去。"

女人有点明白自己被误认为保姆了,她倒不生气,只亮了一下手里阿拉伯数字很大的房卡。保洁阿姨说:"噢,918。往那边,拐弯第一间,你碰一下门就开。"

地毯很厚,小男孩跑向自动玻璃门,又跑下楼梯,他看到了自助餐厅。俩服务生想摸他的大脑袋,小男孩立刻原路回转。好在这些都没有被女人注意到,她站在918房门前,门把上,挂着"请勿打扰"的纸牌。女人"吱"地碰卡开门,就在门要自动关上前,小男孩进来了。他没有注意到,他的妈妈站在玄关,呆若木鸡。

标房里的两张小床,已经被拼成一张大床。綦总个子大,拼大床也可以理解,但是,女人看到了床前两双凌乱的拖鞋,是用过的拖鞋:珠粉缎面的是小码,深灰缎面的是大码。

女人蹲在地上,缓了缓困难的呼吸。她心跳如鼓击,口干舌燥。小男孩看到她在深呼吸,便自己爬到窗前的沙发上。他把黑蓝色的小盒打开,拿出领带夹,研究了一下,还咬了一下,很快失去兴趣,便把它夹在小象宝宝的大耳朵上,然后去卫生间尿尿。

女人绕床而行,如她所愿,床头柜上,她看到了安全套盒。她不想碰它。男孩从卫生间出来,塞给妈妈一样东西。女人没有心思看,把小男孩的手推开。她被枕头上一根栗色的直长发吸引。小男孩把从卫生间里拿出来的东西,再次夹到了小象宝宝耳朵上,一边一个,他觉得满意。

女人去了卫生间。卫生间乱堆的浴巾里,她再次看到了一根栗色直长发。女人感到自己上嘴唇的异样,就像几只蚂蚁在爬。是,上嘴唇在发抖。她按住颤抖的上唇,但手指一拿开,它还是在微微颤抖。她想,它如果靠近键盘都能打出字来了。

女人看向镜子里的自己,没有涂口红的嘴唇发灰,彻底的素颜,让这张情绪风暴中的脸,就像冰箱里过了保质期的冻肉,红得发灰,白得也发灰。她本来有一头天然微鬈的浓密长发,因为劳作不方便,习惯随手一扎,头发被皮筋常年控制得紧贴头皮。她觉得自己就像一个出土的兵马俑,真丑啊。难怪那个保洁阿姨态度轻慢,她当她是一个带孩子去餐厅与父母会合的迷路保姆。

女人目露凶光地出卫生间,拎起背包,一把拉起沙发上的男孩往门口走。小男孩不想走,女人粗暴地抱起他,男孩双腿乱甩,以示反对。女人语气凶恶:"要干什么你?!"小男孩沉默。女人大吼:"说啊!"小男孩沉默。女人胸腔一阵剧痛,她觉得自己的心脏要炸开,她狠狠摜下小男孩,死死瞪着他。男孩看着疯狂的女人,退着走到沙发边,拿起小象宝宝,紧紧抱在怀里,眼睛里已经有了泪光。

女人心里一颤,扑过去,搂紧孩子。

她是到总台取车钥匙时,才忽然意识到儿子的象宝宝耳朵上的领带夹。她暗吃一惊:首饰盒子还在918的沙发里;更重要的是,她注意到小象另一只耳朵上的水钻发夹——当然是粉色拖鞋主人的。女人低声问:"你是在卫生间拿到的吗?"小男孩没回答。她取下小象耳朵上的水钻发夹。

女人让门童看护一下儿子,她奔向电梯,按了九楼。她再次进了918房间。不知为什么,她的上嘴唇又开始颤抖,她一口咬住上唇。她把扔在沙发上的黑蓝首饰盒拿起,把水钻发卡扔在洗手台边。然后,她退出了房间。她听到了电梯有人出来的声音,走廊空空无处藏身,丈夫回房间的可能性很小,但是她还是做贼一样心虚紧张。厚地毯无声无息,她却感到有人在袅袅走近。她选择了面对915房间,假装找房卡开门。一个苗条的女人走过,她视线的余光里,出现了一袭珠灰洇紫的长裙。随后,身后有门禁"吱"地响了。她顿时浑身暴汗,上嘴唇不可控制地又抖动起来。她努力克制住回头看的念头,但最终,她还是侧脸猛地回瞟了一眼。走廊里已没有任何人了,一切又回到静谧无人的状态。珠灰洇紫的长裙进了哪个房间?918?她搜索视觉记忆的残余,觉得自己看到了那个女人进918房间的背影。栗色的直发被时尚发簪斜绾,垂落的发丝随意而风情,肩型有致,然后是——918的门沉重而缓慢地闭拢。看错了吗?一时之间,她膝盖僵硬、胸口虚空,不知道自己刚才那一眼是想象,是事实,还是整个都是幻觉。

保洁阿姨推着保洁车过来,还是之前那个,和之前一样,有优越感地礼貌:

"需要我帮您开门吗?"

四

今天,对这个叫刘博的男人来说,是个非常可恶的日子。不止今天,这几天都是他妈的可恶的日子。今天的肝火,是昨天的堆积;昨天的肝火,是前天的堆积;前天的肝火,是大前天造的孽!他粗算了一下,已经近五十个小时没睡觉了。肝火如野火,烧得他一直口腔溃疡牙龈出血。一个人,年近半百,又老又傲,他和世界就更加互不妥协了。这样的人,他不口腔溃疡谁溃疡呢?他悻悻地想。

人们尊称他刘博,那是对他学识的尊敬,实际上,很多人看他一个光头,心里就会怀疑他的学问。现在,他不仅光头,还加上三天没刮的灰黑胡子浓密拉碴,再加上一副被透明胶临时补缀起来的眼镜,看起来社会评价更低。这眼镜是今天上午被一个浑蛋打飞的,还好他闪得快,不然以那个家伙的劲道,可能连眼镜一起打进刘博的眼窝里。更可恶的是那个老实的年轻护士,那浑蛋第一脚就把她踹翻了,当时她蹲在病床前为病孩脚腕处扎针。进针两次失败,小孩在哭叫。儿科病房,患儿哭闹是正常的音响。带着几名实习医生查房的刘博正遇见了劲爆瞬间。不是他一把推开了那个浑蛋,护士少不了挨第二脚。但是年轻护士一骨碌爬起来,连滚带爬地扑向病床给孩子拔针,她怕伤着孩子。孩子母亲趁机一巴掌扇在护士脸上,护士帽飞越病床。刘博一把揪提那女人的马尾辫,提摔开她,自然是下了重手。在女人、孩子的尖声鬼叫中,浑蛋男人一拳当头打来。刘博躲避,眼镜飞了。两个男实习医生扑上去死死按住那浑蛋。

医务科过来处理了,后来,分管领导也来了。浑蛋夫妻拒不道歉,大喊大叫:"护士不会打针!医生很会打人!"刘博让学生报警,分管领导要他冷静,而那护士擦干眼泪就表态说她理解患儿家属的心情,她原谅了患儿父母,弄得院领导比患儿家属还感动。院领导也希望叫刘博的这个男人能忍辱负重,向患者家属道个歉。刘博转身继续查房去了。

查完房,刘博回到办公室,年轻护士进来,说:"主任别生我的气,我知道您在帮我……"刘博懒得说话,他摘下实习医生替他用透明胶带临时黏住的眼镜,在手里晃荡。护士低声说:"我就是觉得大局为重比较好。"

刘博说:"大局你跟院领导谈。"

护士回避他嘲讽的恶毒眼神,眼看窗外,语调更加怯懦:"……对不起,我真的没多想,就觉得……"

刘博说:"之前你护着患儿很善良,但之后,你装神弄鬼干什么!"

护士泪光闪闪不承认。

刘博摔门而出。

这一天,是好天。蓝色的高空,卷云如丝,天边积云像白塔。但对于刘博来说,这个倒霉日子,才刚刚拉开序幕。大前天,同寝室的大学好友从四川过来开个专业学术会,但这三天他们都还没见上面。第一天,他代二线医生值班,碰到一个笨蛋的住院医生,一夜不断求救,害他整夜"仰卧起坐",根本睡不好。次日是他的门诊日,一百多号病人,看得他滴水未沾、滴尿未撒,精疲力竭才收摊。到院食堂才打了饭,城东儿童医院急呼他过去会诊。会诊结束后,他披星戴月回家,刚洗完澡,又因一个肠套叠的高危娃,被紧急叫回医院实施急诊手术。手术到凌晨四点,回家再洗洗睡,已经快五点。两个半小时后,也就是第三天,是他自己的手术日,早上七点半到医院,一直忙到下半夜,完成了九台手术,最后一台手术结束于凌晨四点多。他到办公室拉开午休床,才休息了一会儿,床还没焐热,就听到走廊外面人声鼎沸,该死的"马大哈"助手竟然忘记告诉病人家属,手术顺利,结果傻等在手术室外的病人家属悬心到天亮。一询问,得知手术早已完成,病人已被送去ICU(重症监护室),立刻举家暴怒了,六七名家属,各个怒喊要投诉。这个叫刘博的倒霉蛋,自然没法睡了,只好起来安抚家属,汇报手术顺利的情况并致歉,然后,查房。本来查房流程结束,他终于可以回家睡大觉了,但是在最后时刻,他的眼镜被人打飞了,而且家属要投诉他"像黑社会老大一样,领着学生打人"。这事看起来尾巴长,院办让他先回去睡觉。

可是,老同学下午就要飞离锦天了,中午告别餐,他必须过去,哪怕一刻钟也是礼貌的。他心里打算的是,见半小时就回家睡觉。

五

这个被称为刘博的光头男人,驱车往吃饭地点"棕榈人家"而去。

从医院过去有七八公里,但从棕榈人家到他家,倒是很近,两公里不到。多年未见的上铺兄弟,小个子、宽肩膀,和过去一样,还是习惯含胸驼背,却动辄发出声如洪钟的哈哈大笑声,睥睨生死得很。事实上,他也确实胆大,因此,他赢得了班花的青睐。二十年过去了,他已是西南医界翘楚。一见面,大家就被光头的胶带破眼镜逗乐了。都是同行,天南地北各自医院都有同样的故事,所以说着说着,就骂着粗话一杯杯喝酒解怒。

光头倒没喝。两周前,他们院骨科医生,喝了两杯啤酒,酒驾被刑拘了。但是,最后临别,他还是喝了一小口白的。因为老同学说自己和班花离婚了:"婚姻就是一口锅——把两棵小白菜煮烂。"老同学说的时候,高举酒杯,独孤求败,又难掩感伤惆怅。光头告诉他,今天也是自己离婚冷静期的最后一天。话音未落,举桌喧腾:"小白菜呀,锅里黄……"

老同学拿起手机,模拟采访话筒,问他感言。光头男人说:"如果不是冷静期,今天我没回去,她能打我二十个电话,并要求视频为证。她觉得我能出轨全世界。所以——两棵小白菜都煮烂了……"

举桌再次沸腾。老同学提议为婚姻之暖锅干

杯,于是光头男人喝下了一杯,之后代驾来电说两分钟到,他又主动敬了大家一杯,然后和老同学拥别。

这个叫刘博的男人,独自下楼到门口。约好的代驾,却迟迟未到,再催促,才明白那家伙因为听错地址,到了岛外一个连锁店。男人倦怠不堪,跌坐在店外石阶上。女老板过来说:"拐个弯,都能看到你们小区的白蘑菇顶了。算了,一站多路,我送你吧。"他们才一上车,女老板没有放手刹就猛踩油门,"唔"的一声,把光头男人睡意吓没了,紧跟着是猛烈倒车,车撞到右侧棕榈树上,男人的头撞到副驾驶座窗框上。女老板跳下车察看擦掉的红漆:"不好意思!不好意思!你以后别停这有树的位置,很多人……"

疲惫至极的男人,懒得察看刮蹭位置,他揉着被撞的包,无力地挥手让她靠边。女老板贴心地喊:"一杯啤酒也会抓啊……"

头其实被撞得很痛,而且眼镜的鼻托位置更痛。这个叫刘博的男人从后视镜里,看到了自己右边鼻梁透出点紫青。"我×!"他恨恨地咒骂着。

已经能看到自家小区前的公交站了,只要过这个十字路口,右转进辅道就能直接开进茂盛花木夹道的小区地库口。但是,这个该死的红灯特别慢,横向路早都没车了,它还红着。这路口的红绿灯,简直是不负责任的浑蛋操作。

今天是他倒霉的日子,倒霉的高潮马上就要开启。

六

　　法院路和主干道湖西一路是个大丁字路口，白色的SUV在"丁"字下竖位置的法院路，它要右拐到横在路口前的湖西一路。SUV要右拐，无须看信号灯，只要没有直行车就行。当时，SUV女司机眼睛里就是没有直行车的。她内心犹如乱坟岗，戳心堵肺地痛，以至于她都忘了叮嘱小男孩系好安全带。但是，好像就是刚右转，身子还没有正过来，车子左后部就被什么重重地撞了，她听到男孩吃惊的叫声，与此同时，她也踩死了刹车。SUV很稳地停住了，只见车前路面，掉落了一地的车零件，分尸式的痕迹绵延十几米，痕迹最前段,靠边停着一辆旧的暗红色车。女人被吓到了,连忙出了驾驶室。

她的车,左后轮上,一块花盆大的凹陷,有撞痕,但白漆基本还在,就是一地的车灯、塑料片、保险杠之类零碎,拉拉杂杂地撒了一路,显然都是那辆暗红色破车的,它们把事故现场渲染得很吓人。女司机的心怦怦直跳。一辆黑车打着双闪停在两车间,一个打深色领带、白领模样的短眉细眼的男人,怒不可遏地出来,他直接对前车下来的光头男人发难:"你他妈奔命啊!这么快的速度变道超车,你差点撞了我你知道吗!"

光头男人在察看自己破红车的伤情。

SUV 的女司机看着一地狼藉十分心虚,说:"我拐……真没看到你的车……我才……"

这个叫刘博的光头男人，一听就暴怒挥手："拐弯让直行！你他妈的新手上路吗！"

"超速！"白领男说，"限速六十迈，你起码八十迈！要不是我反应快，你得先和我撞！"

那副胶带粘连的破眼镜，都掩饰不了光头男人拧着眉头的凶狠眼神。

看红车肢解似的惨状，SUV女司机还是惶恐："……超速，那我们……各一半责任……"

白领男突然高叫起来："还酒驾！你报警！他全责！"

白领男手机一通拍。女司机还有点迟疑，白领男训斥："你也拍！正面、侧面、撞击点，包括两车的全景照！"

光头男人用杀人的眼神阴沉地盯着白领男。

白领男很轻蔑地冷笑:"绝对酒驾!绝对超速!危险驾驶罪!"

白领男塞给女司机一张名片:"我为你做证,也可为你提供任何法律援助。"

女人麻木地接过名片,她的眼睛直勾勾看向自己的车。不知何时自己下车的小男孩,摇摇晃晃地向她走来,他脸色发紫,两只小手抓着自己的脖子。女人丢了名片,尖叫一声,扑向孩子。光头男人也奔了过去,他推开女人,从背后抱住小男孩。他的两臂围过小男孩胸腹,使劲往上提,一下,一下,又一下,小男孩有时被他提离地面,但终于,小男孩"噗"地吐出了一颗开心果仁。

女人一把抱住小男孩,急得乱摸他喉咙:"还有没有?!"

小男孩在思考。重新恢复的呼吸,大概让他舒服,他仰头看着光头。

女人有点歇斯底里:"说话呀!还有没有!"

光头男人说:"怎么可能?"

小男孩一脸新奇和疑惑,他指指自己的喉咙,对着光头男人说:"一震,就吸进去了……"

女人起身,把光头男人猛推一趔趄:"都你撞的!"

女人蹲下,上下摸索孩子,果然,她发现孩子额头发际处有个发红的、微微鼓起的山核桃大小的包。女人按压着,小男孩躲闪,说:"壳子……"

女人大惊:"果壳?也呛进去啦?!"

光头男人说:"怎么可能!"

男孩又摸自己的头。女人喊:"很痛?!"

小男孩只摸不说话,他走两步,蹲下来看自己吐出来的开心果,又仰脸看光头。

女人站起来,捡起名片,然后掏手机。光头男人一看她按110,连忙把她按住:"别!私了吧,我帮你修车。我的车我也自己负责。"

那小孩呢?!女人凶神恶煞,和刚才的惶恐迟疑截然不同,她的面目变得十分凶悍。

男人深吸一口气,蹲下,仔细检查了一下男孩。男孩始终眼神清澈地看着他。"想吐吗?"男孩摇头。男人站起来,说:"他没事。"

"没事?!你说没事就没事?!去医院拍片!"

"他真没事。你相信我。"

"放屁!我信你一个酒鬼!"

"我告诉你,以我的酒量,两小杯只是消毒口腔!"

"酒气都喷我脸上了!你哈口气,鸟都能掉下来!"

"你以为你是酒精检测仪啊。"男人被她骂得有点想笑,但他的心情太糟,依然铁青着脸。女司机环顾四周,这才发现,刚才那个路见不平的白领男人突然不见了,黑车也开走了。女人再次掏出手机,又骂了一句粗话:"行,浑蛋,就让警察测!"

"好了好了!我他妈都赔你!我全责!我带小家伙去医院,检查检查检查!"男人怒气冲冲。

"去大医院!协和!我必须下午五点前回到龙帝大酒店!"

"协和起码九公里,周六病人多,你回来来不及的。去儿童医院吧,三公里多。不信你自己导航。"女人掏手机导航,男人说,"现在下午两点四十分,这样好不好,你先回酒店休息,也让我休息半小时——我三天没睡——就半小时!我去酒店接你们去医院,保证五点让你们回到酒店!"

女人怒眼圆睁:"你他妈当女司机都弱智?酒驾逃逸,罪加一等!"

光头男人咬紧牙关,他掏出驾照,给女人看:"我不逃。算我求你了,我真的四五十个小时没睡觉,现在,我头晕脑涨。"

女人劈手夺过驾照:"先去医院!人没事你就滚!"

男人咬牙切齿。他给车行朋友打了电话,把车钥匙交给路边银行里的保安。

光头男人上了她的车。他估计这辆该死的进口SUV,够他赔一两万元了。他的那辆黑色车,归即将离去的老婆了。如果今天它们对撞,应该不会像红色的老车那么狼狈,但可能就他妈的得赔更多银子了。

七

这个叫刘博的倒霉男人,他也没想到,去儿童医院的路,突然被修路围挡,车得绕行。女人猛拍方向盘,摁出了七八拍的恐怖长喇叭音。工地上的工人,全部直起身在看她。光头男人狠狠抓住了她疯狂的手:"全市禁鸣你不懂吗?!"

"松手!"女人左手突然有了一个黑色喷筒,并用它对准了光头。光头猜那是防狼喷雾。他怒吼着:"神经病!禁鸣多少年了,你他妈开惯了乡下土路吗!把交警按来了,就让交警给你儿子做体检吧!"

女人反唇相讥:"来呀,我看他是先测你还是测我儿子?!"

"行,你摁!什么颅脑血肿、颅底出血你耽误得起,你就继续摁!"

女人老实了。男人恶损了人,自己还是心肺闷痛。×他妈的,今天就是见鬼了!离家一步之遥,偏偏被一个神经病缠上。女人拉着黑脸按他指导的新路开,一脸不信任的叵测表情,明显是提防再遇围挡阴谋,但她又不得不隐忍着,因为小男孩在侧。小男孩在后排,则不时发出零碎的小声音。光头男人觉得,那也是一个小神经病。

开出龙帝温泉大酒店大门后,女人脑子还是一片空白。满腔油泼似的怒火,让她像一支熊熊火炬。开始她只是模糊觉得,今晚绝不在酒店过夜,太恶心!现在她需要购买一批有机种子,尤其是儿子指定需要的紫色花椰菜。买了,她连夜回家,让他妈的生日快乐通通见鬼去吧!多一分钟她也待不住了,回去她就着手离婚。但很快,她觉得不对。复仇!她必须先复仇,必须狠狠地复仇!这是狗男女对她的家庭、她的生活最严重的侵犯。这个家,她付出了太多!

得让小三死无葬身之地!得让浑蛋的背叛者无地自容!

下午五点,她必须赶回酒店,回到战场。开过第二个天桥,她就把车靠边了。她已经理清了思路。熄了火,她开始打电话。第一个电话,打给大綦的秘书小唐,先确认大綦晚上的会议大概几点结束。唐秘说:"綦总好像不太想参加了,说肠胃有点不舒服,想早点回房休息,让曹副总去。"看不到老板娘脸色的小秘书自作聪明地说:"嘻嘻,说不定綦总想给自己过生日吧。"第二个电话,她打给蛋糕店,定制了一个生日蛋糕。她加价,要求下午五点务必送到酒店总台。第三个电话又打给唐秘,说如果晚上有空,多找几个小伙伴,来918房间吃蛋糕。不过,准确时间待定,只要确定人在酒店就可以。还有,最重要的——请大家一律严守秘密。

唐秘兴奋得嗷嗷叫。

计划严密,没想到才布置完不久,就撞了车—— 这该死的酒驾!

绕路显然远了很多,女人不断因为路况,指桑骂槐地撒野泄愤。光头也阴沉着臭脸,不时回击她咎由自取,是孩子不系安全带的结果。车里的愤懑对峙情绪张力十足。直到后排的小男孩呼叫："一条！一条！一条！"前排的两个大人都没有反应，小男孩拍了光头男人的椅背，想引起他的注意。光头男人潦草地转了转头，他明白小男孩是看到了辐辏云条。他刚才就看到了，那折扇骨一样的辐辏云，其实很淡，不是爱云人，不是专业观察者，很多人都会忽略。

显然，小男孩很想让陌生人关注到自己的发现。车到湖边，小男孩再次夸张惊呼：

"线！云线！"

小男孩猛踢椅背。

光头男人回了一句："那叫航迹云，飞机干的。"

小男孩又踢了一脚椅背。光头男人说："是飞机尾气形成的凝结痕迹,不算云。"

男孩眼睛闪闪发亮,很快地,他喊:"这边,马! 小马!"

光头男人偏头看了,说:"那叫碎积云。"

"还有! 大大花菜云! 妈妈要种紫色的花菜!"

光头男人说:"都谁教你的! 那叫高积云云塔。这些都是很普通的云,分数很低的。"

小男孩完全兴奋了,他撅着屁股,半站着,不是抓在光头男人的椅背上,就是反转身子看天窗,满天找宝一样指云。保姆解读的云,都被陌生而了不起的名字改变了。这个叫刘博的光头男人,终于被童心点燃,也多少是想摆脱无聊,他不仅有问必答,后来还摇下车窗,伸臂竖起三个指头,用指测法,教男孩区别了一片云是层积云还是高积云。

越来越崇拜他的小男孩,要求停车,他要下车。女人的腮帮在连续鼓起,金鱼一样吐气。捉奸的核弹引爆在即,时间已经太紧了,可是她也不明白,这个自闭症一样的孩子,莫名其妙地和这个面目可憎的光头男人亲近。她不得不承认,孩子的这个状态是让她舒心的。

停车熄火,但她不下车,就在驾驶室,她看着一大一小两个男人,在湖边的草地上,伸长手臂,竖起三根手指,对着天上,做着直臂测云动作。两人重新上车,受小男孩的邀请,光头男人也坐到了后座。小男孩的问题非常多,这样的健谈,让前面的女司机暗暗吃惊。光头对孩子的语气,越来越温和,女人不觉得是男人对付孩子有一套,而是觉得自己的孩子原来这么聪明讨人爱。男人介绍了云的三大家族,描绘了低云族、中云族、高云族在天上的高度和变种。他还让小男孩知道了:雷暴云有多狂暴雄壮、为什么积雨云又叫"云彩之王"、高层云为什么无聊得像塑料膜。

女人为了表示领情,参与话题说:"没想到成年人也会对虚妄的东西感兴趣啊。"

光头指着一片像风过沙漠涟漪般的云片,把男孩脑袋拨过去看:"收集云彩,不是要抓住云,我们只是看它、爱它、记住它,这就足够了。云知道的。"

男孩一直点头,还击鼓似的同步抖击小拳头。女人感到被男人排斥在话题之外。他还是对她窝火。女人觉得自己更恼火,但她为儿子的意外快乐而宽容,所以她又厚着脸皮问了一句:"你气象站的?"男人说:"我母亲曾是。"女人说:"你在哪儿上班?"男人说:"……维修厂。""修什么?""看人家需要吧。反正钳子、夹子、刀子、电锯、锉刀、锤子,我都顺手。"

"所以,你的车可以自己修?"女人忍不住悻悻地说了一句。

到了儿童医院急诊室,女人又怒火暗起。首先,急诊并不是你一挂号就给你看,还得排队。候诊长椅上已经坐等了八九个人,还有不断来去的人,不知是否也是候诊人;其次,总共就两个急诊医生。导诊小姐姐说,一辆小学参加区运动会的车被撞了,一下子送来六七个孩子,已经在调度加派医生。而两个值班急诊医生和护士们,在几个急救间之间奔忙,小学生的家长正陆续冲进来,大呼小叫,还有哭哭啼啼的;剩下一个轮转见习医生,满头大汗地接待普通急诊。只能排队干等。

女司机站起又坐下,坐下又跺脚,焦躁得不行。

"喂,"光头男人说,"你看不出来吗?这么长时间了,他没呕吐,神志清楚——他没事!"

"闭嘴!"女人说,"我同学,被摩托车撞了,全身哪儿都不疼,他也感觉没事。回家到晚上才发现鼻子、耳朵有一点出血。幸好他女朋友坚持去医院,结果你猜怎么样?什么左颞骨右颞骨,血肿骨折骨裂,脑袋里被撞得像打散的蛋,差点完蛋!——医学的事,你最好闭嘴!"

"行行,我去个洗手间。"

"你可别想溜!酒驾的人证、物证,我齐了!"

光头男人转身走了。女人掏出他的驾驶证,又把那个路见不平的好心人名片仔细夹在里面。这时她才发现,名片上写的是律师。律师?这下子,女人心更安了。

八

叫刘博的光头倒不想溜,但是他太想打个盹儿了。候诊时,那个精力旺盛的小破孩根本不让他闭眼。他知道门诊二楼有个咖啡座,从洗手间出来,他转上自动扶梯,但是刚要到二楼,就看见咖啡座玻璃墙里,有个熟悉的同行的脸。他不想让人发现他麻烦缠身,只好又掉头而下。他郁闷烦躁至极。

回到急诊大厅,他座位边多了一对夫妻,妻子抱着一个五六岁的男孩,看那腿脚,应该和那个爱云娃差不多大。光头一走近,就听到丈夫在低声斥责:"我们小时候,谁蜜蜂蜇了当回事!我告诉你,他是男人,你再这样宠他,就是废了他!"

光头这才注意到,那个被蜂蜇的男孩,手腕红肿,头脸似乎也有点肿,松弛无力的嘴巴张着,露出虫蛀的小门牙。爱云的小男孩,也是个方圆脸,眼睛旁的太阳穴特别饱满宽展,加上光洁的大额头、软软肉肉的有型下巴,看起来还真比一般孩子漂亮。一看光头回来,小男孩收回对蜂蜇男孩的傻看,马上挨到他身边,还掏出了两张玻璃纸。

他又开始和光头谈起了云。男孩想用两张彩色玻璃纸制造彩云。那个蜂蜇男孩,在看他们。女司机在看手机,但心思都在儿子这边。

…………

"我还见过这样的!"小男孩把食指和拇指弯成半个圆圈,"天上,就一个小门,姐姐说,是鸡笼门。因为,那么小,只有天上的鸡才能进出……"

光头男人比画了一个弯月手势,小男孩热切点头。男人心不在焉地"哇呜"了一声,说:"那是马蹄涡!非常非常稀罕的云,最多持续一分钟就蒸发了。看见它的人有好运!太厉害了你。"

"那它多少分?"

"四十分吧?也许五十分。"男人说。他开始为身边的蜂蜇男孩分心。蜂蜇男孩闭着眼睛,他的头脸越来越肿,但那对夫妻依然专注于指责对方,他们一直在压抑性地攻击对方,父亲的语气像说黑话:"蜂来富!燕来贵!你的笨蛋儿子说不定就从此转运变聪明了!"孩子的母亲四两拨千斤:"你经常被蜂蜇,是蜇出了科长还是局长?你爸连马蜂都蜇不死,怎么还是全村最穷的人?我们结婚他……"

那个做丈夫的"腾"地站起,急赤白脸,胳膊抡起又放下,他狠狠瞪了一眼正看着他的光头男人和女司机,硬生生收了抡掌动作,然后怒出候诊大厅。被瞪的路人甲和路人乙,第一次互相看了对方一眼,眼神都是默契的悻悻与无辜,还不约而同耸了耸肩。蜂蜇男孩的妈妈,把脸贴着疲倦昏沉的男孩,一边张望着就诊通知屏幕,一边掏出手机。她在电话里,不知对谁,历数丈夫的种种自私、懒惰与不靠谱,声音越来越大。

"那最最多分的云,什么样?"小男孩说。

光头看着这个孩子,他不明白,他为什么不能安静一会儿呢?

男人仰头闭上眼睛。小男孩用力推他。

男人说:"开尔文-亥姆霍兹波,它就像一排排整齐的海浪,卷起的花边……"闭着眼睛的男人,听到了异常的吸气性喉鸣音,他睁眼看蜂蜇男孩,并站了起来。那个年轻母亲还在失望控诉。蜂蜇男孩的脸肿得厉害起来,他额发湿透,面色青紫,呼吸有明显的喉鸣音,手腕伤口周围,出现了一大片明显的疹子。他妈妈在伴有泪水的控诉中,已经谈到离婚事宜。

爱云小男孩坚持要牵光头的手,要他坐下。

光头男人漫应着:"开尔文……也只有一两分钟,看到它的人,所向无敌……"

光头男人突然重拍蜂蜇男孩的妈妈,一手抱孩子一手拿手机通话的女人也跳起来,她也看到了自己孩子的异常。光头男人冲进了诊室,那个见习医生跟着出来。

"喉头水肿!"见习医生让孩子母亲抱娃进了抢救大厅,他要护士过来测孩子血压,并准备静脉输液。光头男人看着几近昏迷的男孩,语气粗暴:"立刻!环甲膜穿刺!马上!"

见习医生显然不买光头的账,因为他自己看起来就是打架打输的急诊脸。但是,见习医生又被光头的霸道气势镇住了。看孩子的样子,也的确像高危的喉头水肿,所以他一扭头,就向急诊大厅另一角落,高喊一个急诊医生的名字。光头厉声大喊:"快!再慢,就来不及了!"

一名护士奔回来,拿出环甲膜穿刺盒。但是躺在急救台上的男孩,因为呼吸受阻,越来越挣扎,穿刺术变得非常困难。没有经验的见习医生无措地又想去搬救兵,光头忍无可忍,戴上手套就拿起穿刺器械,说:"别动!就一下!我是医生!"

孩子的环甲膜穿刺本来就很不容易,何况一个想摆脱窒息的小孩,但光头男人出手利索准确。男孩气道通了。见习医生差点跪了下来,是感激,是后怕,也是松弛。年轻的见习医生知道,若插管延迟,患者可能在半小时内病情恶化,而那时气管插管及环甲膜穿刺都非常困难。一句话,过敏性急性喉头水肿,一耽误就是致命的。

生死一线间,女人感受到了紧张。她在大门外,隐约看到光头忙碌的身影。她和爱云孩,两次企图混进抢救大厅,都被护士赶出去。第二次又被赶出来的她,翻出了扣留的光头驾驶证,没错,上面没有单位信息,名字叫刘旗云。照片上头发颇多,看起来还蛮讲道理的脸,和眼前凶狠不耐烦的光头不太像。女人想了想,决定给那个路见不平的人打个电话。

电话通了。先是一个女声,问明需求,然后那个白领男的声音就出现了。没想到他第一句话是:"女士,算了,冤家宜解不宜结。"女人说:"我是外地人,马上要离开锦天,还想请您处理善后呢,您这是……"

律师咳嗽了两声,说:"直说吧,这人不坏,他救过我儿子,手术到下半夜,完了还丢出红包。我认出他来了,所以,我走了。"

"他是医生?"

"对,非常有名的医生,只是老了很多,胡子都花白了——如果我没有认错人的话,就是他。

但不管怎样,冤家宜解不宜结,退一步,天地两宽。就算是律师给你的人生忠告吧。"

"万一他不是呢?"女人说。

"那,"律师喘出一口粗气,"如果赔偿合理,你还是放他一马吧。总之,一个好医生,他也不知道会在哪里收获回报,甚至长得像他的人也跟着有福了,OK?"

九

离开医院的白色SUV，往龙帝温泉大酒店而去，时间是下午四点二十一分。

在光头阴郁郑重的恐吓下，女司机终于放弃了等候。周六本来病人就多，再加上校车出事，那些随后闻讯赶来的爷爷奶奶、外公外婆、姑姑舅舅等，把候诊厅吵得像春运火车站。女司机烦躁不堪，她明白，五点钟是不可能赶回酒店了。女人说："行。晚上八点后再来。"

光头男人拒绝再上车，女司机砸了两拳车喇叭。

"言而有信，你是男人吧？"

这个叫刘博的倒霉蛋说:"我不是。你要体检吗?"

"上来!"女司机说,"没时间了。请——上车!"

光头男人不动,他坚持说女人八点的活动结束,他一定在儿童医院恭候——虽然男孩绝对没有问题——对此,他愿意打赌两万块。

女人喝令他上车:"信不信,我现在报警,警察还能测出你酒驾!"

男人转身而去。他在医院大门外的超市,买了一瓶矿泉水,大喝几口,想想,他又买了两瓶。

女司机赶上来说:"你也知道法网难逃啊,风筝线拽在我手上呢。"

光头男人说:"我告诉你,驾照补办很简单,我徒弟一天就能搞定。至于酒驾,你他妈爱举报就举报吧。老子非常非常需要睡觉!如果杀了你才能让我睡一会儿,我可以切开你的气管!"他往副驾驶座重重扔下两瓶水,转身而去。

机动车道上,SUV发了一会儿呆,又追了上去。她狂按喇叭,光头男人一转身,小男孩立刻手舞足蹈,大喊:

"爸爸!来!"

光头男人简直七窍生烟。那个额头宽广的小男孩,对他打出了马蹄涡云的手势。光头男人胸口温热,几个沉重的深呼吸,都没有化解掉那个暖和感。他还是坐进了车里。

"我不是你爸爸!"男人还是没好气。

女人咆哮:"他也没当你是真爸爸!只是因为

男人说:"是,我就是懒得拐精神病的人贩子。"

"你的破眼镜和紫鼻梁,怎么回事?"

"被人打了。"

"你打输了?"

"对。我们没有正当防卫的资格。"

"明白了,你们被人捉奸在床了。"

"恐怕比那更糟。"

女人语气再次低伏下来:"谢谢你!我儿子今天说了比一年还多的话。"

男人没有回应。

女人说:"看得出来吗,他自闭?"

男人没有回应。

"你看不出来吗?"

女人在后视镜里,看到男人闭着眼但微微摇头。

女人说:"其实我非常苦恼。已经在约心理医生了,说先试一个疗程,五次一疗程。"

"他没自闭。"

"他爸说,他四个同学的孩子都自……"

"他没自闭!"

"专家说,现在有很多自闭症的孩子……"

"能目光对视,能食指指物,能正确表达,没有重复古怪动作——他很正常!"

"他这么看云,不古怪吗?"

"很多人爱云。我母亲去世的时候,正好看到窗外的虹彩云,她笑了,都忘了说遗言。"

"你妈是专业……"

男人高声说:"他、不、自、闭!钱多你就约去。"

"呃……还有,我儿子……"

"你他妈能不能让我打个小瞌睡?对,你不是欠薪保姆,你他妈就是欠薪保姆中的女流氓!"

女人笑了。男人闭着眼,没有看见她的笑。

十

　　酒店大堂的世界各地时钟中,中国时间下午四时四十一分。女司机一路接了三个电话,可能怕光头再发火,她都是压低嗓音通话的,但光头还是听了个大概。一是那个活动要延迟一刻钟左右,上个会议推迟了;二是有人送来的什么,女人让他交给门童,让门童放在总台;三是703房间可以休息。这些零碎的信息,让光头以为他可以到703房间休息一会儿,没想到,女人把他们领到咖啡座,随后服务员送来了糕点和咖啡。女人说:"我带他上去一下,你先吃点东西。"

　　小男孩甩开了女人的手。他不走,不仅不走,还试图和光头男人挤坐一个沙发座。男人退到双人座上,男孩立刻也坐过去。女人看着光头。咖啡、曲奇饼干、坚果和布朗尼蛋糕,女人把咖啡杯推移到男人面前,男人无动于衷。

"你喝点提神,我很快。"她走了两步又回头,耳语般说,"天网恢恢。人贩子,我儿子信任你,我也想信任你。"

男人看着她,抄起精致的咖啡杯连托碟,重重蹾放到了隔壁空桌,咖啡汁荡漾弹溅到乳白的桌面。这是直截了当的拒绝,他们互相瞪视着。

小男孩大口吃蛋糕,给牛奶加了很多糖。女人往电梯方向而去,还不断回头看。

光头男人从手包里拿出纸和笔,开始画云。小男孩果然上钩,要求自己画。他在自己的双肩包里掏出了一本云绘本和一盒彩色蜡笔。男人去总台要了三张 A4 纸和一条捆扎用的彩色纤维捆扎绳。男人说:"我们说过的辐辏云,就是天街的那种,条条大路通罗马,对不对?看起来是连到天上车站的。天上的车站!你把它画出来,还有两张纸,你再画你看过的最喜欢的云。画满三张,我马上睡着,谁也不许讲话。你画得好,我就能梦见你画的云,只要我俩的脚用绳子连接好——不能断开。到时候我醒来就能告诉你,你画了什么云。"小男孩兴奋得两手直压自己的脸颊。

光头男人终于让自己躺下了,他侧蜷在双人靠背沙发里,小男孩跪坐在他身边的单人沙发上,他小心保持绳子的连接,他一点也不想吵醒光头。小男孩全神贯注,在和光头男人的梦云比赛。二十分钟左右,一个穿黑色西服的苗条挺拔的女人过来了。

男人在酣睡,小男孩在酣画。女主管一眼就认出了这个男人,尽管他侧脸灰暗、胡子拉碴,胶带缠住的眼镜更是邋邋遢遢。但女主管为了确认没有认错人,特意绕着观察了两圈,然后,她轻轻在小男孩脑袋边耳语:

"画得这么好呀?"

小男孩置若罔闻,专注上色。

女主管说:"他是谁?"

小男孩依然在画。

女主管拿起了桌上的小象,小男孩一把按住。

女主管说:"你要不要吃软心巧克力?"

小男孩不睬。

女主管说:"他是谁?"

小男孩依然上色。

女主管厚着脸皮:"哎哟,你是画前天来的七彩祥云?"

男孩这才抬头看她,点头。

女主管微笑:"他是谁?"

"爸爸。"小男孩边画边说。

女主管发蒙,怀疑自己听错了。她再问男孩他是谁,小男孩一把推开了她。

女主管回到总台,示意大家不要打扰咖啡座的人。她自己走出酒店大堂,开始拨打电话。

SUV女司机下楼了,她边走边接电话,出了电梯往咖啡座而来。时间是下午五点三十分。

咖啡厅奶棕色的地毯完全吸音,光头男人在沙发上侧身蜷睡。女司机重新叫来热咖啡和糕点。服务生离去后,女人看了看时间。她不准备马上叫醒他,她拿起手机,为蜷睡的男人和作画的小孩拍了合照。相连的彩色纤维绳,得到了细节突出。女司机脸上浮起笑意。

男人微微睁眼,又闭上了。桌边流光溢彩的身影,令他有点迷惑,揉了揉鼻根他坐直了,渴睡的眼睛还是非常生涩。揉捏鼻根的动作,让受伤的鼻梁钝痛,他清醒了。戴上破眼镜,他明白都不是梦境:那个休闲邋遢的虎狼女司机,已经判若两人。她坐在他右侧、面对大堂的单人沙发上。女人的头发洗吹之后,干净轻盈、丰茂微鬈;一身紧致垂悬的黑裙,被她的二郎腿勾勒出漂亮的腰臀曲线;黑色的高领下,是一片倒扇形的白皙裸露;没有任何首饰,也许自信,也许忘了戴。以光头男人的眼光,如果她再丰满一点,肯定更令人窒息。但显然这女人不在乎,二郎腿上跷着的那条腿的脚尖,挂荡着考究的黑高跟鞋;她的锁骨和挺直的平整颈背,倒散发着知性的美与果敢。光头男人伸了下懒腰,感觉自己就像走出了通宵鏖战的手术室,完成了一个复杂的高危手术,终于回到清新的满天星光下。这是他从深夜的手术室出来,经常有的舒服感觉。

女人好像都是魔术师啊,到底有多少女人会来这一手:一放任,就鹰头雀脑;一收拾,就貌若天仙?

但男人看到了她端咖啡的手,他几乎顿起反

感。那只拿咖啡杯的手,无名指的指甲缝里,有着明显的灰线;另一只放在手机上的手,食指和大拇指指甲缝里,也一样有细细污线。男人恶心至极,转开视线。女人看起来在悠闲地喝咖啡,实际上她的眼睛越过咖啡杯,一直盯着大堂里进来的人们。女人很敏感,她还是感受到了男人的反应,立刻把手机上的手,藏到桌下。

光头男人站起来,女人不看他,但一把拽他坐下。他顺着她的视线看,大堂那边,一个高大的白衬衫男人走向总台,他取回了自己的房卡。手搭棕色外套的"白衬衫",身高体厚,气宇不凡,他一路低头看着手机。他身后几步远,一个栗色斜发髻的紫灰长裙女人跨进大堂。她双手拿着手机,边走边双手按键,在回复着什么;从她的侧脸看,十分甜蜜可人。

光头男人不明就里,他还是想离桌活动一下筋骨。女人却死死拽住他,一边在回应打进来的电话。男人嫌弃地看着她拽着他衣服的手,既厌恶那些指甲灰线,又忍不住被那些污线吸引,这让他情绪更加恶劣。他摔开女人的手。

"你的重要活动,就是鬼鬼祟祟喝咖啡吗?"

女人收起电话,看着男人。

她似乎也有点不知所措。她的眼神黯淡飘忽,有点像病房里濒临死亡的病孩眼睛——他们还不认识生,就要接受死亡了,那双眼睛困惑大于恐惧。这个叫刘博的男人,不想回应这样莫名其妙的无助眼神,他转开眼睛。

女人开口了,嗓子很哑,就是近乎失声的沙

哑,她说:"我在捉奸。"

男人心里一震,低头看她。女人幻灭的眼神,挫败而自卑,和她强劲高贵的黑裙,形成显著的反差,这不由令他恻隐。他又坐了下来。小男孩还在画云,那是创造者的入迷状态了。女人深深垂下头,男人有点害怕女人哭泣,但只是数秒后,她一甩长发,又侧仰起了脸。这张脸是俊美光洁的。刚才被她的曼妙身形席卷的男人,这才注意到她额角宽广饱满又线条清晰的脸。小男孩很像她。原先秋茄子一样的嘴唇,因为用了车厘子色的亚光口红,比丝绒黑玫瑰的花蕾还性感;之前,他也不记得女司机是什么形状的眉毛,现在,他看到一对流动蓬勃的帅气眉毛;但随着脸一仰,这张脸又出现了倔强和不羁,男人不由联想到了斗兽场。作为男人,他还隐约虚荣地觉得,她需要他。

他回应了她。

十一

女人手机信息提示音响了一下,她一看马上站了起来。随后,她嗅了嗅儿子的头发,又意义不明地拍了拍光头男人的肩,快步离开。男人看了一眼总台的时间墙,总台的中国时间指向晚上六点十四分。男人无聊地看着那个匆促的黑色背影拐进电梯通道。收回目光后,他又百无聊赖地直起身,想看看小男孩的画作。小男孩立刻用手遮挡,并用小象挡出隔离线,表示拒绝。男人便重重后仰,闭着眼休息。

唐秘与三个小伙伴,和老板娘在等候电梯的大通道胜利会师了。有人提着从总台取的漂亮蛋糕,有人捧着大束鲜花,有人拿着彩带喷筒,一行人兴奋得叽叽喳喳。这些干练的行政员、市场推广的灵巧人,激动亢奋中,没有忘记给老板娘以密集的惊为天人级别的热烈夸赞,夸得女人忍不住一直偷瞄电梯镜子里自己的样子。她并不喜欢这类富贵感的衣裙,但是她确实看到自己的美。这是一个相当正面的激励。女人抿嘴看着摩拳擦掌的"捉奸小分队",唐秘还神气活现地晃了晃手里的文件夹,用她的话说,一切精准到位!

一出九层电梯,一行人就互相嘘噤声食指,其实,通道里的厚地毯完全吸音,但他们就像鬼魅一样,诡秘夸张地飘行到了918房前。看年轻人狂喜亢奋的乐活表情,女人也有过闪念,是不是急刹车,不要就这么昭告天下,但是年轻人眼神默契地最后互相确认"准备好了"的信号时,她也不由点了头。

唐秘镇定地敲了敲门。笃笃。里面鸦雀无声。

笃!笃!唐秘再次敲了门,这次敲门声更重了。

又隔了几秒钟,唐秘正要再次敲,里面传来含糊的男声:"谁?"

这个声音,女人太熟了。她感到自己口干气短,脑门发凉。

唐秘语调沉稳:"是我,綦总,小唐。"

"什么事?"

"锦天市政府发来一份传真急件,曹副总请您签字。"

"什么内容?"

"不知道,可能跟晚上会谈有关。"

"我肠胃不适,晚上我不去。"

"曹副总说得您签发,走个流程。"

又过了十来秒。

制造惊喜并期待惊喜效果的年轻人,简直快被他们预想的高潮憋疯了,他们彼此扭曲着身子,互相做着鬼脸,故作僵直地摇摆长臂,缓释着临爆的压力。

门,终于开了,但是开得很小,綦总伸手拿文件夹。

一束花重重压在他手上,门差点被推大,但高大的綦总控制住了。与此同时,楼道里爆发出突击式的恐怖欢腾,彩带乱喷,"生日快乐"的狂欢呼啸里,市场部的那个奔放女孩,把指头放在嘴里,吹出了足球场上的那种尖厉呼哨。綦总立刻拧起眉头,他借这个疯狂的呼哨,表达了不悦。其实,他一眼就看见了他的妻子,她笑盈盈的脸,莫名地令他极度愤怒。

没有惊喜。门里的男人,表情复杂,他对手下拱了拱手,脸色冷峻。但年轻人都以正常的想象力,把这个表情解读为"老板彻底反应不过来",这个傻傻的小分队反而更亢奋了,他们试图奋勇进屋切蛋糕。綦总一声沉喝:"谢了!我需要休息。敢把我从马桶上骗开门,也算是心意吧。谢谢大家,我发冷,我很难受。"

女人把蛋糕交给唐秘,顺水推舟:"綦总肠胃不行,你们就拿去分了吃吧。"

女人手上黑色的彩带喷筒并没有交出,但突

然的急刹车,让年轻人面面相觑。这么有趣的事,一下子就冷场了?是继续热心热闹走完庆生流程,还是包容理解老板病痛立马暂停?彷徨迟疑中,就在这个时间点,远处电梯门开了,一个呼喊而近的嘹亮童声,在通道里云雀一样高叫。

女人急速挥手,示意年轻人快走。

十二

　　光头仰靠在沙发上,消失的睡意再也蓄不回。他不时微眯眼看专心作画的小男孩,大部分时间就闭目养神。他没有注意到,更想不到,那位黑西装主管,若无其事地再次无声地来到他们桌子边,掩饰着用手机给他和孩子都拍了照。

　　男人的电话响了。就在他低头掏手机的时候,女主管立刻转身离去,但光头还是大致辨认出她的背影来。来电是院办负责人:"那个泼妇,被你揪头发的那位,说腰被你甩得让病床撞断了骨头,越来越痛,要求拍片。"

　　光头说:"拍去!有问题,费用我出;没问题,她自理!"

"孙院的意思是,你休息好了还是马上回来,别让事情发酵。反正也是你的病人家属,就说点软话,哄哄绝对能摆平。"

光头说:"让我道歉?!"

"不是,道歉的话,护士长和我们院办都说了一箩筐了。闹事的夫妻,还是怕你。"

"怕我?!我他妈眼镜还没修呢!他们赔吗?!"

"院长的意思是,大事化小小事化了。不然,他们乱发微信朋友圈什么的,很损坏医院形象……"

小男孩是突然站起来的,他手指着大玻璃墙外的天空,两眼发直,直瞪着外面的天空,张口结舌。光头男人被男孩的石化动作惊到,他"嗯嗯"

回应着电话,顺势看向酒店外面。露天停车场那边的天空,已是一大片的粉绿、深蓝、浅紫,如明丽的丝缎飘展在高空。他不是因为惊讶不再回应电话里的声音,而是小男孩拔腿就跑,而孩子忘了自己和光头脚上相连的绳子,绳子一绊,小男孩一个狗啃屎跌了出去,男人也一个趔趄,手机摔飞了。

小家伙一骨碌起来,因为解不开绳子,像青蛙一样,双腿乱蹬。光头男人赶紧按住他的腿,为他解绳。男孩急得捶地。"别急,"光头男人说,"它至少会持续二十分钟。"小男孩已经激动得面红耳赤,呼吸急促,他一摆脱绳子,就向电梯通道飞跑。这个不擅奔跑的男孩,跑姿有点跌跌撞撞。男人顾不得解开自己这头的绳子,从另一个桌子的沙发下捞出手机,也猛追。小男孩的奔跑已经无人关注,因为很多服务生和客人,都往大堂门口而去,在各色人等的大呼小叫、赞叹和跳跃中,人们纷纷掏手机拍照。

没错,虹彩云来了。

男人很怕小男孩跑丢,他边追边喊:"你去哪儿?"

这个沉默是金的小家伙居然大声回应:"918!"

男人差点再次摔倒,他被遗留在脚上的一段纤维绳绊倒,往前冲了好几步才平衡了身子,但他还是用另一部电梯追上了九楼。

小男孩冲向918房间。

抱着大蛋糕、闹生日未遂的年轻人的讪讪队

形,被一往无前的小男孩穿越而过。918房间门口,夫妻俩互相对视,男人的深沉冷峻,对抗着女人的莫测巧笑。"我来得不是时候?"稳操胜券的女人,显然想做出一个温柔的眼风,但是她的表情不够圆润。丈夫看穿了女人的心机与叵测的妩媚,他按抚着自己的腹部,一只手潦草拥抱了女人。

也许丈夫在等闹生日的年轻人走得更远,也许妻子在等待小男孩走得更近。夫妻俩沉默而潦草地拥抱着,间隙不是亲吻,是泰山压顶的对视。

这活火山一样的拥抱,同样被一往无前的小男孩穿越。

小男孩冲进房间,一把拉开窗帘,同时跺脚跳叫:"看!看!"

夫妻俩呆怔的瞬间,临时监护人也随之闯进,他在小男孩开辟的通道里,直奔窗前,他帮助孩子彻底拉开了沉重的双层遮光大窗帘。

做丈夫的男人的反应比妻子快,他一把搂转女人,把她连拥带推,搂送到窗边。此时,他们一家三口都站在了看得到虹彩云的窗前。大衣柜在他们的身后,因为角度不理想,丈夫把妻子推向贴窗位置,他简直要抱起妻子,而不是矮小的儿子。而光头男人早已后退避让,他看到了大衣柜下露出的紫灰色长裙的一角。

光头踩上去一拧脚尖,裙子机灵地缩回衣柜。

酒店窗子只能推一条不大的缝隙,但即使开窗有限、角度有限,窗框还是显示了云彩后半部的传奇异彩,它已经超尘脱俗、美轮美奂。小男孩发出原始人或者兽类的尖叫。那个做父亲的,脸贴着妻子,呼应着儿子,也发出原始人一样的夸张号叫。

光头男人再次回头,衣柜内置灯亮着。他知道那个女人顺利逃亡了。

与此同时,小男孩突然急推父母,掉头就往房门口跑。光头迟疑了一下,他当然明白那对夫妻斗兽场般的血腥对视,休战只为儿子的虹彩云。光头男人不得不重拾责任追了出去。小男孩一路直奔九楼转下半个楼梯的自助餐厅,来时他就看到餐厅另一头连接的千米大天台,那是天高地远的"龙脊"所在。而光头多次在那儿用餐,也在那银河星光长廊里散过步,小男孩一往那个方向跑,他就明白了。

大地暮色渐起,天上的云彩,却明丽如新日发轫。这一份与人类不般配的世外美丽,使天地都虚幻起来,而虹彩云是活体,它在呼吸、在舒展,它迤逦曼妙,令人呆怔。

只有心事如铁的人,才不会被它点燃。918房间内,女人看到了大衣柜灯由亮转暗的灭灯一瞬。这明灭交替感转瞬即逝,就像不曾存在过。被武力搂抱着推向窗边的女人,其实第一眼就看到了午间合并的大双人床已一分为二,又恢复为原来的标房小床。是的,那双一次性的拖鞋彻底消失了。女人看着虹彩云瑰丽奇幻,再看一脸发青的冷峻男人,她的大脑,有一种类似缺氧性困顿:他们身手真快啊,半分钟不到。

门虚掩着,但楼道悄无声息。男人过去把门开得更大。

门开再大有用吗,谁能跑得掉?女人嘴角一直保留着躺人的甜蜜,男人看透了这份躺人的笑意而进入更严酷的防卫模式。七彩祥云在天,窗里的人,只感到看不见的剑影刀光。女人端详着丈夫:理亏而不妥协的气盛,说明了什么?说明了女人的价值已经损耗到不值得维护了,不是吗?女人夸张笑容里的诱惑和无知感,是山河破碎的自我抵抗,却令做丈夫的男人格外恼怒。他太清楚这个女人的聪明,而柜子对他而言,是个致命的悬念。他咬着嘴唇,回避她的注目,拿出电话打,他要对方给他马上买点肠胃药送来。女人在大衣柜边踱步,轻声慢语犹如对当年热恋的嘲讽:

"一日不见,如隔三揪——揪不是秋啊。但我是想给你惊喜的,没想到惹你这么不高兴。"

"我只是肠胃难受没心情。你来我高兴啊。"丈夫坐在沙发上,一手按摩着腹部,"一阵阵抽痛恶心,我可能发烧了。晚上七点多还要开会,做男人很累。"

女人坐在了男人身边,歪头看男人。男人伸手搭了一下她的肩,又开始按摩自己的腹部。

"你一直没有正眼看我啊。这黑裙,你说好看,我就买了,八九千元呢,值得吗?"

"喜欢就值得。"男人看着窗外,说,"晚上我可能回来比较晚——那些官员你知道,都是一场两场连三场。"

"既然这么难受,就让曹副总去好啦。"

"涉及投资转移,我不去,他不敢拍板。"

"哟,你在出汗,痛得很厉害吗?"女人抚摸男人额头。男人偏开脑袋,说:"一阵阵的。吃点药就好。"

"真没事?"女人笑,"那运动一下?以前你总叫它祖传偏方百病消。"

"别逗了。孩子和药,马上就进来。"

女人以妖娆甜糯之姿,重重地坐进男人怀里。她开始拉拉链。

男人一把推开她,站了起来。

女人不为所动,依然保持夸张的燕语莺声:"当年柳下惠……"

在大衣柜面前,男人愤怒焦躁得几乎崩盘,但他只能还以温柔:"快去看看你宝贝儿子吧。"

女人起身走动,她手拿黑色的喷筒,扶风摆柳地在衣柜前来回走,突然,她对着大衣柜门喷射,深蓝色的玉米粉,纵横交错喷在柜门上,整个房间立刻蓝雾腾腾。丈夫目瞪口呆,随之他弹起身子,像要保护柜门,但他马上意识到没有意义,因此他站直了,干瞪着女人。女人哂笑:

"綦志伟!你别再紧张出汗了,也许里面是空的。"

男人的困惑表情很到位。这个表情是真实的,他是希望柜子里的女人趁乱出去,但他心里没底,她是否身手敏捷,抓得住这闪电般的天助机会?同样的,他之前一直寄望妻子没有发现柜子异样,现在,显然,一切都证明妻子的表情内涵复杂而阴暗。

女人却引而不发。她不开柜门,但她的手在柜门上的蓝色粉末中,来回游走,像是弹钢琴。男人几乎窒息,他感到柜子里的人,会被这样的弹奏弄休克。

"说吧,怎么回事?"

"你疯了?!你看不出我病了?你以前从不这样!"

"对,以前!以前我会做三十七种男人所需的滋补靓汤;以前,你一不舒服,我就帮你艾灸、精油按摩、送药;你和儿子,就是我全部幸福生活的人质。只要你好他好,我赴汤蹈火,零落成泥碾作土,甚至成粪土也心甘情愿。"

"唉,我都知道,但你今天好好的发神经干吗?我是病人啊!"

"对,今天来了虹彩云。"女人对窗外挥手,满面嘲讽感的夸张春色,让男人想狠狠揍她,女人说,"你现在装病晚了!下午两点,我就站在这个位置。请问綦总,你们自己搬运的双人床,会比大床房更好做'体操'吗?"

"这房间从来都是标房!小唐没有订到大床房,还被我骂了。不信你去问!"

"两双穿过的性感拖鞋,女款的也不见了哦,可能连腿还藏在衣柜里——你要不要亲自开门看看?"

"吃错药了你!"男人爆出了吼声,但他很快稳定了语气,"别发疯了,我很难受,一直反胃想吐,我要上卫生间。你去管儿子吧,我们再谈吧。"

"有人看护着呢。綦志伟,说真话吧,我想听一句实话。"

"这就是实话。我不知道服务员是不是给你开错了房间。这样吧,我们都冷静一下,你去看儿子,我去趟洗手间,我上吐下泻……"

女人挡住了他。

"你以为那个物理系的高才生是白读的吗?中午一进来,她就拍了精彩床照。卫生间里,那女人落下的两样东西,她也拍了——其实,她不是傻,是给你个说实话的机会。很遗憾,你没有通过。"

男人两只手捧着腹部,仿佛胃痛难忍。

女人猛地拉开柜门,柜里空洞明亮。

女人略微一震,也有奇怪的轻松感,但她一笑而出,并摔上了房门。

十三

天空蓝得有点发紫。在人们看不见的深空,一定有清泉水在一遍遍荡涤,只为那个时刻,那个丝缎般时刻的到来。也许它不是神祇过境、仙女西行,它只是让有的人,看到自己在天上的美的倒影;只是让有的人,看到自己真正的老家。

龙帝温泉大酒店"S"形的千米龙脊,已经被镀上香槟色的薄薄夕晖。西二郭湖整个水面,金箔闪烁。光头男人站在星光餐厅通往龙脊长廊的玻璃大门口。近千米长的宽展龙脊,的确是最好的观云地了,但因为饭点时刻,那飘带式的超长平台上人影寥寥,更显得那个五岁的孩子,在天地之间的细小孤单。自助餐厅里的食客,没有人发现大玻璃墙外,旷世的奇云,在高天招展;大餐厅内,灯光美食的香氛氤氲里,人们穿梭于一盆盆新鲜的佳肴美味间。在人间,美食就是许多人最美的天。不习惯看天的人很多,一辈子不抬头看天的人也不少,人们低头于在地面奔忙、饕餮、追逐、获得而心满意足。

小男孩面向西天,细小的双臂张大到极限,十个指头,也大张如某种带吸盘的小动物。小小的身影,在用力拥抱,他似乎要把天上的各色云彩,全部揽抱到他瘦小的怀里。他可能是意识到了云太大太大,颓然垂下了小手,看起来像认输的云俘虏。

多次邂逅虹彩云的光头男人,也被今天这浩

大的云天画面震撼到了，太磅礴了。

天边，西二郭湖的水面由金转棕，水库边的树梢和山峦，颜色黑棕庄重。大地的肃穆，更映衬出西天高空上，流丽万端的虹彩云。宝蓝一泻的天幕上，兀自绵延气象万千的那抹宝石般的瑰丽，因为过分超然与靡丽，有了收摄魂魄的迷幻感。光头男人觉得，这是他见过的最磅礴飘逸的虹彩云，它简直就是高天里横过人间的仙锦魔缎，在天空自由飘扬。

也只有到了龙脊，天高地远，才能看清今天虹彩云的全貌。它就像一前一后两只迎风而飞的天鹅翅膀，后面这扇漫天巨翅，从翅膀根的紧实到翅膀末飞羽的轻扬，颜色阶梯，在流丽渐变。翅膀根上，可能云层太厚，只有薄的边缘，被透着橙光的金绿色勾勒了轮廓,然后整个飘飞的羽翅,在湖蓝、湛蓝、果绿、淡黄、粉紫、紫蓝、柠檬黄、金棕中,晕染魔变,逆风飞翔,又犹如仙丝柔道在高空梦幻翻转。大翅膀渐渐拉长,但始终在色变中保持明丽的绚烂,有时候是天蓝、粉绿缠绞着淡紫罗兰;有时候,整个底部陡然灰红又翻出清新的灰紫蓝,随后是柠檬黄转淡绿浅粉,最后,翅膀的亮度开始渐渐散淡。就在光头男人以为虹彩云就要谢幕之际,天空的巨翅从中间开始,就像高光核爆,腾涌出耀目的白金色,以它的亮黄金色为中点,金粉绿、金橙、金黄、金红次第铺展开,天空瞬间光亮沸腾,越来越炫目。这才是真正的高潮,它就像一种浩瀚的呼唤,正普天而降。

　　小男孩仰天呆立,就像电击过的小布偶。光头男人走到了他身边,孩子已经泪流满面。光头男人把手搭在孩子小小的肩上,搂着他的小肩头。小男孩没有回头看光头男人,他的眼里只有天上的虹彩云,就像在谛听云的呼唤。

餐厅的自动大玻璃门又开了,黑衣女人站在门口。

犹如一个天人之约,她看到了万里长天上,最绚烂的绝世云彩。

她扔掉了手臂上的风衣,向他们走来。虹彩云照亮了她的微笑,天上地上,各自明丽万千。她就像走在T台上的模特,蓬松的发卷,随着弹性的步伐在脸边自信跳荡。当小男孩和她一对视,女人立刻俯身,平伸双臂,对高空的虹彩云,做了很不模特的大波浪身形。一脸泪痕的小男孩,因为激动,因为有了生命中最为重要的见证人而再次泪如泉涌。他哭出了声。

女人奔过去,与小男孩贴脸,并把自己的手机递给他。

光头男人有点困惑,他一时不能理解这个捉奸的暴虐复仇者,怎么忽然如此若无其事、意气风发,918房间里发生过什么?是丈夫成功地摆平了妻子,还是另一场恶战,正在酝酿中?本来,光头男人以为女人没空赏云的,现在看起来,容光焕发的女人,没有错过虹彩云的云约。她看起来似乎正在滋长恢复自我、修复破绽的能力。

光头男人退往身后的长椅,坐了下来。小男孩亢奋于各种拍照中。

女人绕着草坪走到光头男人身边:"看到了

吗?我走过的这一块儿,和我家天台上种植的菜地差不多大。之前,人家告诉我,一家人,只要有席梦思那么大的一块儿菜地,就吃不完了。我不信,我一口气种了两张半席梦思那么大的菜地。"

光头男人点头。

"地大,品种节奏能更好掌控。完全不用去市场买菜,我儿子、先生吃到了最新鲜、最安全的有机蔬菜。因为吃不完,我每周开车二十多公里,把新摘的蔬菜,送到我公公婆婆家,顺道送到我小姑子家。再多,我就送给左邻右舍,送给物业。"

光头男人隐约感到了沉重,他凝视着若无其事的女人。

女人则望着开始暗淡的天空。他才意识到,她平静正常的声音,其实很悦耳。

"他两三岁都不说话,我决定放弃工作。医学研究证实,农药与自闭症密切相关。我信任有机食品的治愈力,我信任食品是人类与大自然最深刻的连接。我没有种过菜,但是,我从头学。我去水源最干净的农村菜地,买了三万块钱的泥土,拜了三位老菜农为师。我知道怎么清洁土壤,每次使用后,又怎么修复它们;我知道用鱼粪、厨余垃圾、灰烬,自堆有机肥;我去购买加工处理过的鸡粪、牛粪;每天两三个小时,我在天台上浇水、施肥、捉虫;周六周日,除了陪伴儿子,我都在打理天台的绿色菜园。每个季节我的菜园都生机勃勃,芥菜、青椒、空心菜、油菜、莴苣、芫荽、西红柿、秋葵、丝瓜、豆角,还有迷迭香、薄荷、芝麻菜……"

女人声腔里有清美的齿音，渐渐失色的虹彩云余光，依然让她的微笑，柔暖和善。

"有一次，我公婆因为我送菜耽误了他们的门球比赛而劝我，不要种那么多。我丈夫说，你们就知足吧，你儿媳妇是可以把火箭送上天的人，这样的人来给你们种菜送菜，你们是上辈子修了高速公路还是造了跨海大桥？"

女人一直笑着，就像说别人的段子，可是，光头男人感到了寒意。她春风明媚的脸上，第一颗泪珠越过睫毛后，其他的便一颗连一颗地掉了下来。她依然努力微笑："我儿子爱吃我种的菜——不过，现在，他爸爸已经觉得农药与自闭症的关系，是专家扯淡。"

女人对着光头男人张开她的十指、手心，然后是手背。这个叫刘博的男人,看到了这双手,手指修长,但手心粗糙,至少有三个指头的指缝发黑。光头男人的恶心感略减,但还是不舒服。

"你该戴手套。"

女人说:"两三天就要拔草。最难根除的是酢浆草和天胡荽。酢浆草看起来茎细好拔,但根系下面却留着透明大颗粒,在土壤深处,手指得插下去才能摸索到,才能清除;天胡荽的根,也是环绕纠缠。你只能铲起泥土,掰松,像清理蜘蛛网一样,才能拔除。戴了手套,手指就不再灵活。插入指甲缝的土,可以剔出,但被污染的弧线是清洗不掉的。如果场合需要,我会腾出时间去美甲,把它们遮掩住。不过,这些年,已经没有什么需要我的重要场合了。"

女人始终微笑着,隐约露出洁白的牙齿,莫名令人酸楚。那些流淌的泪水,荒谬得像是别人在流泪。

光头男人很想安抚这个女人,就像拥抱那个小男孩;但是,女人的微笑又令他迟疑。他干咳了几声,说:"呃,呃,我不是说你,而是,那个,很多女人,为了一个男人,把全世界关在门外,很蠢。就等于把自己关在牢里,男人回家,她就像被探监一样高兴。她不知道虹彩云,也不知道人间的紫灰裙子。"

女人一下瞪大眼睛。

"你看到啦?!"

光头男人摇头。

"你看到了!"

光头男人耸了耸肩:"我一定懂你的意思,但我和他,"男人一指小男孩,"我们两个男人都认为,地上的任何裙子,都没有天上的虹彩云美。你愿意让你儿子,看到哪一样?"

女人终于言行一致地哭泣了。她放声痛哭。

光头男人也终于感到了女人的脆弱无依。咖啡厅的那个眼神,那个濒死患儿般无辜绝望的眼神,是孤苦真实的。女人哭得呛咳,她跪在地上咳着哭。

小男孩听到了妈妈的哭声,他急忙往回跑,他站在两个大人跟前,轮流审视着他们,眼光里有愤怒又有点狐疑。女人看出了孩子的担心,她把双手平伸给光头男人,这个叫刘博的男人,把自己的手覆盖上去,他们互相牵住了对方的手。小男孩羞怯地笑了,他扔下手机,把自己的小手,也摞放上去。

女人说:"我知道封闭体系里的熵增与死亡,我更知道,抓住了胃就抓住了男人是个愚蠢的笑话。我也知道所有的爱情,都会被操持家务磨损……"

玻璃门那边,那位黑西装女主管身边,还站着一位着套装的短发女子。她们是亲姐妹,她们都拿着手机,在给三个彼此握手的人拍照。

虹彩云已经全部转灰。

十四

　　白色 SUV 开出了龙帝温泉大酒店的林荫道,时间是晚上八点二十分。

　　光头男人说:"你确定不去儿童医院了?"

　　"嗯。"

　　女司机说:"在儿童医院候诊的时候,我就知道我儿子没问题了。"

　　"那好,你按我的导航开吧。"

　　女司机点头。小男孩不怎么看星空,他还是喜欢云天,他问:"明天,它还来不来?"

　　两个大人都没有回答他,他就打了一下男人的手臂,这个动作,把问题归属了。男人说:"可能还来。"小男孩一指驾驶者,说:"她有一条很多颜色的裙子。"

男人说"噢"。

"那么多颜色从哪里来?"

也只有男人接得住孩子跳跃的思维,他说:"穿过薄云的太阳光发生了衍射,薄云里有均匀的细水珠——均匀的冰晶也可能——小冰晶的云是贝母云,我们说过的,它是高云族——反正它们都是均匀的小水珠或小冰晶,把太阳光藏着的赤橙黄绿青蓝紫都散出来了。只要云很薄、很均匀、很自由……"

小男孩说:"妈妈的裙子,风吹到天上,也是虹彩云。"

"当然。所有的妈妈都是虹彩云。她下来给你种菜做饭,就变成雨水;她要做她自己,就又会飞上天变成虹彩云。只是呢,很多妈妈忘记自己是虹彩云,所以,就变成天天下雨的雨水了。"

二十分钟后的夜街头,就能看到超过枍果行道树很高的协和医院鲜红的大招牌。导航说,过红绿灯就进辅道。女人一看到了协和医院大招牌,就扭脸看光头男人。这个叫刘博的男人,在低头看新进来的微信,随之黯然一笑。

女司机说:"彩票中大奖了?"

男人念:"一、重婚罪,指在有合法配偶的情况下又与他人结婚或建立事实婚姻所构成的犯罪;二、离婚冷静期,过错方和非过错方,照样可以调整财产分割五五比例。过错方拿小头。"

女司机说:"法律课?"

男人说:"对,最后一课。再过三个小时,有个女人也要变回虹彩云了。"

女司机忽然感到失落,自问自答般:"有多少虹彩云为别人变成了雨水?"

男人摇头:"水云选择,不在婚姻,也不在男人,全由女人自己决定。女人都是天空大地的养子。你儿子都知道,只有最轻盈、最自由的云,才可能变成虹彩云。"

协和医院大门口,车子靠边,这个叫刘博的男人下车。车子启动而去。

行驶了十几米,车子停了。男人疑惑着走过去。

女人把一本驾照还给男人。男人接过,再次挥手让行。他看着白色车在杧果行道树的斑驳光影下远去,但是二十米不到,车又靠边停下了,打着双闪灯。这个叫刘博的光头男人,跑了过去。

女人降下玻璃窗,说:"他还有事。"

后排玻璃窗也降下,男人看着孩子。

小男孩说:"我的书,什么时候给我?"

男人有点忘了。

"给云打分的。"男孩说。

"噢,《云彩手册》。让她把地址发我,买好了,我寄给你。"

"她刚刚不高兴了,"小男孩说,"还嗷了一声。"

女人扭身敲打小男孩的头。

光头男人走到驾驶座那边。过往的车灯里,女司机脸上的泪痕在暗亮着,她僵直地看着远方迷离的灯光车流。男人伸手,拍了拍她的头顶:"别连夜往回赶了,拐弯不让直行的人,夜里更危险,还带着孩子。"

女人点头,声音喑哑:"其实,夜间开车我眼睛很花,但我,不知道去哪里好……"

女人又说:"你现在去哪儿?"

男人说:"去找一个该死的人道歉——你别回去了。"

男人又说:"到家都半夜了。"

每一辆过往的车的灯,都让女人的新泪汩汩暗亮。

男人说:"真的,别回去了。"

女人说:"我在想,我是不是该去找我儿子最喜欢叫爸爸的那个人?"

男人倾身拍了拍车窗框:"喂,小伙子,你有几个好爸爸?"

后座的小男孩伸长两只手臂并拢后,双剑合璧般,直直指向车外的光头男人。

这个叫刘博的男人,忍不住笑了。

他对着女司机说:"别回去了。听话。"

他声音很轻,后排的小男孩听不清他说了什么。